KB089891

꽃들은 제 때를 알고

이 도서의 국립중앙도서관 출판시도서목록(CIP)은 e-CIP 홈페이지
(http://www.nl.go.kr/ecip)에서 이용하실 수 있습니다.
(CIP 제어번호 : CIP2016000267)

꽃들은 제 때를 알고

2016년 1월 8일 초판 1쇄 인쇄
2016년 1월 19일 초판 1쇄 발행

지은이 | 전혜영
펴낸이 | 孫貞順
펴낸곳 | 도서출판 모아드림
　　　　서울 서대문구 북아현로 22나길 13-8
　　　　전화 | 365-8111~2 팩스 | 365-8110
　　　　이메일 | morebook@morebook.co.kr
　　　　홈페이지 | www.morebook.co.kr
　　　　등록번호 | 제2-2264호(1996.10.24)

편집 | 손희 김민정
디자인 | 오경은
영업 | 손원대
관리 | 이용승

ⓒ전혜영
ISBN 978-89-5664-174-4 03810

* 잘못된 책은 구입하신 서점에서 바꾸어 드립니다.
* 지은이와의 협의 하에 인지를 붙이지 않습니다.

값 9,000원

꽃들은 제 때를 알고

전혜영 시집

모아드림

내 삶의 든든한 후원자인 남편과
우리 사랑의 열매인 두 딸과 사위에게 사랑을 전하며

기억을 되새기면 늘, 어떤 정지된 장면들이 떠올랐고, 색깔 혹은 느낌이 나를 사로잡았다. 사십에 접어든 어느 날 불현듯 지나온 삶의 여정을 시로 표현해 보고 싶다는 생각이 들었다. 이 일이 쉽지는 않았지만, 덕분에 나를 다시 보았고, 밤하늘 높이 빛나는 별을 볼 때처럼 행복하다.

2016년 1월
전혜영

차례

시인의 말

1부

발문

1부

물수제비

물수제비 뜨는 것처럼
가볍게 사는 게 좋은 게야
수면 위를 춤추듯이
마지막에 잦아들면 그만이지
지나간 자리 씻은 듯 사라지고
물 위엔 아무 흔적 없이
투명하게
그렇게 사는 거지

밝은 가을 햇살 받으며
물수제비 사라지듯
나 사라지기를
꿈꾸어도 좋으리

풀잎

늘 오는 봄이 아니었다
죽은 듯 먼지 뒤집어쓴 길섶에
비죽 솟아나온 초록
존재의 근원에 뿌리 내린
의연한 자태

내게도 뿌리가 있었던가
피워야 할 꽃은 무엇인가

때로 눈앞이 환해지는 기쁨 있어도
돌아서면
작은 고통에 흔들리고
조급한 마음의 노예가 되는
허약한 뿌리

이 봄
풀잎처럼
바람 가득 맞아

다부지게 뿌리 내리리라
새순을 피우리라

스무 살의 낙산바다

마등령 비단 덤불 아래로
떨어지던 젊음의 꽃떨기 하나
한껏 애도하며
쪼그린 몸뚱이 앞에
검은 파도 철썩대며
밀어닥친 목소리

너를 사랑한다
사랑한다
누구세요
도대체 누구신가요

물음도 내뱉지 못하고
눈물이 범벅이 되어
꿈에서도 헤엄을 못 치는 나는
그 바다에 빠져도
겁날 게 없었다

부암동의 새

눈 내린 다음날
절벽에서 뛰어내리는 심정 안고
부암동 큰 바위 아래로 이사를 했다
꽃샘추위에 발목 잡힌 봄 언저리
냉기 가시지 않은 돌담 틈에
제비꽃이 피어 있었다
살 잘라내듯 아파트를 팔고서 얻은
초롱초롱한 눈망울 같은 제비꽃
내 마음 비운 자리에도 꽃이 피어났다
머리 위로 비비비비
양쪽 볼이 하얀 작은 새가 바람을 가르며 지나간다

7월의 낙엽

가을을 기다리지 못해
성급하게 물들어
산천이 불붙는 좋은 세상 보지 못하고
7월에
세상 떠나는 낙엽이 있다

요절하는 무슨 이유 있겠지
스스로 목숨 끊은 사람 뒤끝처럼
흉하지도 않고
유서도 없이
떠나는 자리 말끔히
치우고 간 걸 보면 대단하지
사십 년을 넘게 살아도
세상 떠나고 싶은 생각 아직 없는데
아쉬움 없이 떨어지는 건
쉬운 일이 아닐 게야

나도 떨어질 때를 알고 싶다

고백 1

몸을 입은 자의 한계를 느낄 때마다
당신이 몸을 입고 오셨다는 것은
얼마나 큰 위안인지요
그러나
사소한 것에 부르르 떨고
작은 돌부리에 걸려 넘어질 때
당신도 그리하였을까
머리 흔들며
나와는 너무 다른 당신 앞에 좌절합니다

너무 다르지만
당신이 먼저 나를 사랑하셨다는 사실을
되새겨 봅니다
그리고 아주 서서히
당신을 사랑하는 마음의 싹을 틔웁니다

요즈음 자꾸
'당신' 이라고 부르고 싶어집니다

수식어를 하나 달아
'사랑하는 당신' 이라고 말이지요
사랑하고픈 마음이 일어나는 이 일로
가슴이 벅찹니다

내 사랑 받아주신다면
받아주시기를
아니 받아주신다 해도
이제는
그냥 사랑할 수 있을 것 같습니다

고백 2

예배 중에 가끔
눈앞이 환해지며
참 이상하게도
온몸으로 번져오는 전율
때 아닌 황홀함
지긋한 기쁨으로
살아있음을 축하한다

사랑의 계단

낙산바다 큰 파도로 덮쳐온
그대 사랑에 사로잡혔지만
지금껏 내가 그대를 사랑한 건 아니었다
도마소리에 안심하며 아침 잠결에 빠지듯
불안을 벗어났을 뿐

더 이상 목말라하지 않을 만큼
조금씩 자신감이 생기는 때
뭔가 보여주리라
의욕에 넘쳐도
빚진 자의 심정으로 하는 일은
자연스럽지 않았다

이제야 우리 사랑하는 사이 되었나
그대 기뻐하는 모습 볼 수 있다면
뭐든 해주고 싶다
그대와 함께 생각하고
그대 위해 밥상 차리고

좋은 것, 예쁜 것 다 해주고
영 가까이 하기 힘들었던
고통에 찬 그대의 나신裸身까지도
보듬어 주고 싶다

고백 3

신촌역 앞 에로이카 다방에선
어둑한 실내 가득 첼로 소리가 넘쳐흘렀지
가슴 벅차게, 가슴 벅차게
나를 위로하던 〈콜 니드라이〉

이제 와서 돌아보니
젊음의 날은
신神이 예비한 날
출렁이는 은혜의 강물에
반짝이는 빛조각들

고백 4

짐승 같은 안개에 싸인
몽 마르뜨르 언덕의 성당
지붕 끝 한 발 내딛으면 하늘인데
어렴풋한 꿈 속
육중한 문 안에는
간절함으로 흔들리는 작은 촛불들
그림처럼 구부리고 앉아 기도하는 사람들
얼른 자리를 찾아 눈을 감았다
아, 주님

눈을 뜬 순간
이제 오느냐고 맞이하는
천정 위의 거대한 팔
아, 지켜보고 계셨구나
마음 속 흔들림 다 살피고 계셨구나
아닌 척 지내온 속내 들키고
후련한 울음

이제야 돌아왔습니다
정함 없이 휘돌던 탕자
언제든 돌아올 것이라고
그렇게 팔 벌리고 기다리고 계셨군요

고백 5

멍에를 가볍게 해 준다는
당신의 말씀
몇 천 번 외어도 아무 소용없었지만
어느 날
그 말이 와락 다가와
속 끓이며 부둥켜안고 있던 것
한 순간에
덜퍼덕 다 내려놓았다고
가벼운 마음으로 돌아서는데
이상하게
가슴 깊은 곳에 느껴지는
이 시장기
궁기를 못 벗는 거지처럼
저미는 슬픔

세상 복판에서

미쁘신 좋은 친구
벗 삼아

세상 복판에 서 있으나
세상에 속하지 않고

칠판 지운 듯 개운한 의식으로
살다가고 싶다

불꽃놀이

불꽃이 펑펑 터지듯
꽁꽁 숨긴 절망 덩어리
터진다면 좋겠지
오색빛 찬란한 희망의 편린
고개 쳐들고
걱정 없이 마냥 들떠
축하할 일만 있을 것 같지
짙은 밤 더욱 빛나는 화려한 불꽃은
꿈처럼 흩어지고 말아
불꽃놀이 그친 아쉬움에
더 어둡고 깊은 밤

영원한 빛을 사모하라
내 속에 타오르는
욕망의 촛불 꺼 버리면
방안 가득 달빛 들어오듯
불꽃 사라진 호수 위에
찬란한 별빛

성만찬

이것은 주님의 몸입니다
— 그 몸 뜯어먹고서 새 살이 돋았는가
이것은 주님의 피입니다
— 그 피 마시고 더운 피 돌았는가

여태 마신 피가
지금까지 먹은 살점이
육신이 되어 살아올 시간인데
아직도 차갑고 무딘
이 몸뚱이가 죄스러워
오늘은
핏내 가득한 살점을 차마 삼키지 못하고
눈물만 흘리고 있다

반딧불처럼

천년 전에 떠난
북극성 별빛이
오늘 지구 한 구석에 있는 나에게
드디어
빛으로 도달한다
시공을 가르는 별빛이
온몸에 전기 통하듯
소름끼치는 밤

경이로움에 싸여
몸서리치며
먼지만도 못한 존재라는
홀연한 깨달음이
왜 그리 고마운지
반딧불처럼 꽁지에 불을 내어
이 밤을
반짝이며 날고 싶다

마음 갈무리

그대를 떠올려도
아무런 가슴 뛰는 소리
들리지 않을 만큼
더 이상 가슴 쓰라리지 않게
가을 볏단 묶듯
이제
내 마음을 묶었다

거룩한 강물

도도히 흐르는 강물 앞에 섰다

흐름 그 자체가
감격이며
꺼이꺼이 목 놓아
해묵은 앙금들이 다 씻겨지고
새로 태어나는 기쁨이
물결처럼 차오르는
투명한 강물 속
보석처럼 빛나는 생명들이
꿈꾸듯 느리게
맘껏 노닐어도 좋은
거룩한 강물

새벽잠 깬 어느 날
홀연
그 강물이 내 곁에 흐르고 있음을 알았다

꽃들은 제 때를 알고

보라, 저 들판의 꽃
한 무리의 꽃들이 피어나고 있다
들판 전체에 어리는 따뜻한 기운
꽃들끼리는
더 예쁘다고
더 먼저 핀다고
시기하지 않는다
준비된 순서대로
하늘 향한 마음이 익어
기쁨 터지듯 봉오리 터지면
들판 가득 그들의 세상

꽃들은 제 때를 알고 있다

봄맞이

십년 동안 누워 있던 책장을
와불 일으키듯 세우고 나니
세상이 달라 보인다
눕혀 놓은 책장 하나 세우는 일이
이다지도 어려운데
나른하게 누워 있는 사람 하나
어찌 쉽게 일으키랴
켜켜이 쌓은 먼지를 닦으며
섬광처럼 지나가는 한 줄기 생각에
머릿속이 개운해진다
창가에 봄빛이 쏟아지고 있다

사람 사이 강물 하나

진부령 언덕에
흰 눈이 밤새 나려
신년 서설이라고 산까치 울어도
이천 년 벽두에 흰 눈이 내린들
무슨 새로움이 있으랴

문득
신선봉 골짜기를 돌아내리는
강 하나 흐르게 하고 싶다
사람 사이에
따뜻한 강물 하나 흐르게

그냥 바라보고 있어도
강물 흐르듯 마음 흐르고
강가에 나무 자라듯 여유가 자라고
피라미 같은 사소한 생각들이
이리저리 노닐어도 편안한

함께 강바람 맞으며
내미는 손 부끄럽지 않게 잡아 주고
상처 입히는 말일랑 감추어
어깨 다독여 주기

그렇게 세월의 강 흐르기를
마지막 하구에 닿을 때까지

2부

은빛 밤내

개울물에 물고기처럼 누워 있으면
은어들이 튀어 올라 반짝이고
걱정 없이 하늘이 눈부신 것이 좋았다
개울가 흐드러지게 핀 무꽃
무수한 나비 따라
꿈꾸듯 나른함을 즐기며
개학이 언제인지 알 수 없는 긴긴 방학
애꿎은 청개구리 빙빙 돌리며
선머슴처럼 둑길을 내달아
하루가 저무는 시간에
집집마다 피어오르던
서글픈 저녁연기
열 살짜리 눈 큰 계집아이
고무신 신고 걸어간다

* 밤내: 어릴 적 살던 동네 이름

풍경 – 평화

1.

실개천 가장자리 쑤셔가며
흙탕물 속 미꾸라지 잡으려다
거머리에게 실컷 뜯기고
언덕 아래 고등학교 뒷문으로 살며시 들어서면
작은 연못 옆 교실에서 들리던 노래
내 마음은 호수요~

2.

비 갠 다음
살금살금 연두빛 청개구리 한 손에 잡아채면
그 바람에 놀란 호박잎
빗방울 화르르 떨어지고
개울 옆 습한 기운이 훅 끼쳐 오며
소름 돋는 여름날
큰 눈망울 가득 하늘 담은
단발머리 계집아이
하늘 향해 빙글빙글

청개구리를 돌린다
가엾은 청개구리 아랑곳없이
아무 걱정 없는 듯
손바닥 털고서 하늘을 본다

3.
흙바닥에 서투르게 삼각형 그어놓고
빼곡히 들어찬 구슬 내리치면
따다닥 떼구르르
사방으로 흩어지는 구슬
얼굴 가득 번지는 미소

풍경 – 달빛 여울

거류산이 성큼 내게로 온다
세상을 가로막듯 컴컴한 벽으로
어두운 기억 저편에 버티고 있는
산 위에는
잊을 수 없는 작은 별빛

할아버지 따라나선 달밤
거울 같은 수면 위로
물뱀이 선을 그리고
차르륵
여울에 떨어지던 그물 소리
지금도 가슴에 파문 번진다

밤내의 여울은
언제 돌아보아도
빛으로 가득하다
달빛에 푸드득거리던 은어 떼
키 높은 미루나무 숲을 흔들던 바람 소리

* 거류산: 어릴 적 살던 동네의 산 이름

풍경 – 색깔

지난날을 돌아보면
느낌보다 먼저 색깔이 있다

생애 첫 작품의 모델이었던
보송보송 하얀 토끼
졸업식 단상 위에서 눈부시게 휘날리던
할아버지 은색 두루마기

연분홍 벚꽃이
어지러이 날리던 초등학교 언덕
아버지가 사다주신 분홍 스웨터
봄 동산 헤매며
바구니 가득 따온 진달래

초록의 청개구리와 노랑나비가
아련한 기억 저편으로 끌고 가면
거부할 수 없이 덮쳐오는
칠흑 같은 산 뒤로
안개꽃처럼 흐드러지게 핀
연보라의 무꽃

미아 기억

미지의 세계를 향하여
겁도 없이 떠난 길
고개 넘어 다리 지나
저녁 어스름 당도한 곳은
첩첩 산자락뿐
주위를 둘러친 검은 산 위에
하나 둘 별이 반짝이고 있었다

새로 산 빨간 스타킹보다
어색하고 낯선 곳
꿈속에서 화들짝 깨어났을 때
그때에야 엄마가 보고 싶었다
돌아갈 길은 아득하고
차갑게 다리를 스치는 새벽이슬

망연히 풀꽃을 뜯고 있을 때
어디선가 낯익은 치맛자락 날리며
엄마,

넓은 품이 달려오고 있었다

한 달음에 올라선 언덕 위로
쏟아지던 햇빛을 기억하니
아이야

오십 색 크레파스

오십 색 크레파스 그것만 가지면
벚꽃 비 내리는 학교 언덕에 앉아
꽃잎 사이로 빛나는 하늘 담아내고
돗섬 너머 푸른 바다
시시때때로 다른 빛 바다도 담을 수 있으련만
기다리는 아버지는 오지 않았다

꿈 속 그림은 아쉬운 색이 없는데
코스모스 꽃길을 옆에 두고
내 도화지에는 늘 색깔이 모자랐다
아버지보다 갖고 싶은
오십 색 크레파스

꿈결인 듯 두런두런
아버지 커다란 등 아래
기적같이 놓여 있던
오십 색 크레파스

다시 꿈길로 떨어질 때
아버지의 빈자리는
눈 녹듯 용서되고
오색으로 채워지고 있었다

외할머니 동네

딱지 접어 골목을 휩쓸며
해지는 줄도 모르는 선머슴 아이
뭐가 좋다고
막장에 풋고추 따놓고
영아, 부르시던 외할머니
아이고, 딱한 것
철없는 것 했지만
골목을 누빌수록 허전한 그 마음 모르셨을 거다

여름밤 가까이 들려왔던 채찍소리
불쌍한 개들 비명에
덜미 잡힌 듯 오들오들 떨며
뒷간에도 가지 못했다
눈에 불을 단 무서운 사람들이
지척에 있음을
그때 알아버렸다
외할머니는 모르셨을 거다
그날 이후 어린 것이
고기 한 점 마다하는 까닭을

밤늦은 정류장

밤늦은 정류장에는
언제나 아버지가 기다리고 있었다
무거운 가방을 들어주면서
서로 말없이
속 깊은 말은 하지 말자고
미안한 마음은 들추지 말자고
어두운 골목길을 돌아오며
말없이

다 자란 딸이 대견스러워도
바람 같은 지난 세월일랑
그냥 덮어두자고
무거운 가방에만 힘주며
돌아오던 골목길

밤늦은 정류장에서는
긴 그림자 끌며
때로
허리 굽은 아버지가 서성이고 있다

갈래머리 우리언니

아무나 비행기 타지 못하던 시절
먼 나라로 떠난 언니
꿈에도 낯선 땅에서
잼 대신 고추장으로 향수 달랜다던
편지마다 눈물이었지

살아온 날들 돌아볼 만큼
여유 있다 해도
땋은 갈래머리 언니 모습은
늘 슬프기만 해
고향처럼 그곳 편하다 해도
젊은 날 칼바람에 베인 가슴
쓰린 흔적 지울 수 있을까

가을바람에 빨래 말리듯
어두운 기억일랑 건듯 내다널고
다시 듣는 카랑카랑한 웃음소리
우리언니 장한 언니

반암리 여름

아무도 모르게 사귀는 기쁨은
물 들어온 바다 같아
해 떠오르기 전
검은 파도 철썩이는 해변에 앉아
우리의 밀어는
작은 게처럼 들락거리고

얼굴 새까만 시골 꼬맹이들과
땀 흘리며 시끌벅적한 한낮에도
마음은 한곳에 붙잡혀
해바라기처럼 그대 눈길 따라 돌고

휘청한 소나무 자락에 걸어놓은
그해 여름의 사랑
솔숲에 일렁이는 바람 따라 돌고
해변에는 하얗게 부서지는 햇빛

사춘기 교회당

믿음이 필요한 때는
스스로 아는 법
낯선 오르겐 소리에 이끌리고
내용도 알 수 없는 성가에 가슴 뭉클해지는
그 소리를 찾아가리라
그것이 인생의 유일한 목표처럼 느껴질 때

홀로 세상에 던져진 섬뜩한 현실
피붙이도 풀지 못하는 인생의 실타래
붙들고 펑펑 울어 보아야
해결의 실마리 보이지 않고
밤새 뒤척여 보아야 결론 없는 그때
부담스런 인간의 끈들이
사방에서 목조여 오던 그때

이생의 출구 없음
스스로는 어찌할 수 없음

두 손 들고
사춘기 아이가 제 발로 찾아 나선 길은
푸른 담쟁이 거침없이 하늘로 향하는
텅 빈 교회당
운 좋게 오르겐 소리라도 들을 때면
아무런 해결이 없어도
마냥 편안해서 좋았다

산소 가는 길

붉은 진달래 온 산을 뒤덮은 어느 봄날
사위 첫 인사 받으시고
산을 삼킬 듯 불길이 번져
놀란 가슴 쓸어 내렸지만
이제 생각하면 당신의 사랑

이 세상 떠나실 때
청명한 하늘같은 눈동자
그 눈빛 때문에
지금도 가슴 아픈지 몰라
미워할 수 없는지 몰라

의식 없다지만
피붙이들 손길 닿을 때마다
흐르던 눈물
손 하나 까딱할 수 없는 그 아픔을
아무도 헤아리지 못했다

진달래 붉은 봄 산을 바라보면
뒤늦게 아쉬운 이별
눈시울이 붉어온다

사랑 찾기

열 번 찍으면 넘어가리라는
헛된 믿음에 매달린 어떤 짝사랑
그런 사랑 받는 것쯤이야 대수롭잖고
원 오브 뎀과 온리 원 사이
내 짝사랑만 가슴 아픈 세월
홀연히
눈앞이 환해졌을 때에야
승자도 없이
사랑에 눈뜨지 못한 자에게
남겨진 몫
충분한 아픔 있었나니

훌훌 털어버리고
온전한 사랑을 꿈꾸리라
욕심 없이 찾아 나서리라
두 눈 바로 뜨고 찾는다면
하늘에 닿을 정성 있다면
못 찾아도 그만

내 길을 기꺼이 갈 뿐
흠 많은 영혼일지라도
다시없는 인연이라면
품어주며 살아갈 내 사랑이려니

그때

그대는 빚어지고 있는 그릇
세상에 나올 모양 알 수 없었지만
귀한 기운 서려 있었지
행여 내 작은 손끝에
흠집 날까 두려워
손 하나 까딱하지 못 했지
훗날 드러날 아름다운 자태 그릴 뿐
뜨거운 시련 다 이겨내고
단단히 구워져
세상에 빛나기를
해맑은 소리 청아하게 울릴
귀한 그릇으로 태어나기를
그대 만난 그때에
나 보았네

발원發源

어스름이 내리는
낡은 목사관 서재
그대의 슬픈 이야기는
해 지는 줄도 모르고
아무런 관계없던 두 운명을
하나로 묶고 있었다
그때
어둠처럼 내려앉는 운명의 무게를
지긋이 느끼며
거부하고 싶지 않았을 뿐이다
덫이라 해도 붙잡고 싶은
야릇한 힘에 끌려
그대를 품는 일만으로
일생 끝나도 좋다고
감히 생각하기 시작했다

겨울 결혼식

백합 향기 가득한 제단 앞
서약이 끝났을 때
높은 벽면에 박혀 있던 별들이 빛나고
별 너머로 울려 퍼진 거룩한 성가
오, 생명의 양식

후회하지 않겠느냐
눈물로 다짐받던 밤과
철없던 사랑의 상처 어른거려도
겨울 찬바람 두 손으로 맞는대도
추위 아랑곳없이
우리 사랑 따뜻해라

하늘이 맺은 이 인연을
사람이 나누지 못할지니

유산流産

실험실 동물처럼
내팽개쳐진 몸뚱이
벌거벗은 부끄러움을 내세우기엔
호르르 날아가버린 생명이 안타까워
알을 품지 못한 어미 새처럼
주눅 들어 병실에 누워 있을 때
알 수 없는 과거의 은밀한 끈이
나를 휘감고
비열한 눈빛의 그 의사는
분명 나를 조롱하였다
빈 배를 움켜잡고
메스꺼움에 시달리며
사랑마저 유산할지 모른다는 두려움에
안간힘을 쓰던 시간
커튼도 쳐 있지 않은 처치실 너머
짙은 녹음마저 냉정했다

양구 골짜기

비포장도로 끝에
무너질 듯 컴컴한 터널 하나 지나면
휘몰아치는 바람 소리
숨어들듯 들어선 관사에는
온기 남아있는 난로 위 양은주전자
퀴퀴한 군용담요 냄새

닥터 지바고 영화처럼
흰 수염 단 병사들이 더운 입김 몰아내던
영하 25도의 양구
한기 스며드는 간이침대
우리 사랑은 지독한 독감에도 펄펄 끓었다

골짜기까지 찾아온 연극 공연
시멘트 바닥에 앉아
얼어붙은 입으로 한껏
메리 크리스마스를 외치던
그 겨울

두 번째 결혼기념일의 촛불 앞에
양구 골짜기의 겨울바람이 비켜갔다

잉태기

밥 먹듯 여러 달을 토해도
토해낼 수 없는 존재이기에
오로지 버텨내야 한다는
독한 마음으로 앙다물고 견디는
아홉 달 색다른 인생

터질 듯 물방울 같은 생명이
배 안에 점점 자리를 넓혀갈 때
비로소 여자로 태어났다는
인생 처음의 뿌듯함
태고의 생명과 맞닿아
여신女神이라도 된 듯
배를 불쑥 내민 꼴이 우스워도
부끄럽지 않던 시절

태초부터 이어온 생명줄이
네게 이르렀으니
그대 안에 생명 있으라

자라는 기쁨에 절로 배불러

나도 누구에겐가

툭툭

살아있음의 신호를 보내고 싶었다

역설

벌거벗은 채
덩치 큰 실험실 동물이 되어
힐끔거리는 눈빛을 받아내며
모멸감에 배가 더 불뚝 솟아올라도
생명의 탄생을 기다리는데
이런 것쯤이야
식물처럼
아니 바위처럼
차라리 몸뚱이를 잊어버리자
제 힘으로 아무 일 할 수 없어도
부끄럼 없는 어린아이처럼

스르르 눈이 감기면서
아득한 꿈길로 빠져드니
초롱초롱한 눈빛
그대는 누구인가
두 눈 바로 뜨고 보고 싶은데
깨어나려 안간힘을 써도

천 근 같은 바위가 누르고 있어
눈을 뜰 수 없구나

처녀지가 더럽혀져
생명을 잉태하는 역설
처녀보다 더 순수한
어미가 되는 일

송정리행行

상처 입은 짐승 같은
애절한 눈빛을 뒤로 하고
돌아오던 밤기차에서는
여전히 땀에 절은 군복 냄새가 났다

라일락 향기 몸서리치게 진한 날
겁 없이 새벽기차를 탔다
기약 없었으니
만나지 못해도 좋다고
무작정 찾아나선 길
송정리 부대 가로막힌 철문 앞에서도
나는 용감했다

떠나온 가슴 속에선
무등산 자락의 비안개 내리는데
누가 훔쳐보는 듯
구석에서 떨며 잠들지 못 하던 밤

육아일기

내가 그어온 생명의 선과
네가 긋기 시작한 생명의 선이
겹치는 시간에 잠시
우리 사랑할 뿐이다
나 먼저 세상에 왔으니
먼저 세상을 떠나도
끝까지 지켜주지 못해도 슬퍼하지 마라

네 숨소리에 숨죽이며
네 웃음소리에 가슴 미어지고
네 발가락 꼼지락대는 대로
하루하루가 새로운 날

일생 받을 기쁨은 이미 다 받았나니
너를 키웠노라
부끄러운 생색은 내지 말 일이다
제 몸도 못 가누는 작은 몸뚱이가
말없이 주는 가르침

문간방

안국동 좁은 골목길 돌아서 끝집
한옥 문간방에 보금자리 틀고 살 때는
쌀 한 봉지씩 사다 나르는
가난한 밥상에도
더운 밥 알알이 사랑이었다

새댁 전화 받아요
안방에서 전하는 소리에
여닫이문 차례로 열기 급하고
사랑의 열병에 걸린 주인집 딸과
때로 툇마루에 앉아
나누는 얘기 정다웠지만
아침마다 요강 들고
수돗가에 나가 앉으면
빤히 지켜보던 주인집 고양이
저는 늘어지게 하품하는데
나는 뒷덜미 잡힌 듯
공연히 숨도 크게 못 쉬었다

톡톡
골목으로 난 창문 두드리는 소리
삐걱거리는 문빗장 열어
신랑 맞이하는 시간
미지의 세상으로 문이 열리듯
설렘 넘치던
문간방 새댁 시절

묵은 사랑

오늘 아침
당신의 품은 어느 때보다 편안하다
풋풋한 젊은 날의 냄새
여전해서 고마운 당신

나는 그다지 착한 여자가 아니었다
지나가는 바람 한 줄기에 흔들리고
감히 살붙이 끈을 놓으려던 생각까지
당신은 모르는 일
당신이 고통으로 진주알을 만드는 동안
소용없이 그냥
옆에 있어 미안했다

우리 사랑 여린 시절엔
멀리 있는 죽음까지 조바심 났는데
지금은 우습게도
나 먼저 죽고 혼자 남을 당신이
안쓰럽다

사랑한다는 말보다 더 진한
이 마음을 받아주어요
이십 년 묵혀서야 터져 나온
사랑 고백을

사랑의 두께

살 맞대고 사는 것이
그저 고마워서 눈물겨운 밤
내 사랑 당신뿐이라고
뼈와 살을 아는 이
당신뿐이라고

우리 함께 건너온 강이
거꾸로 흐르지 않듯이
강 건너 아스라한 곳을
나 흠모하지 않나니
가정법에 흔들릴 만큼
우리 사랑 허약하지 않나니

함께한 세월의 두께만큼
바람 버텨온
내 사랑이여

3부

포옹

살과 살이 닿지 않아도
살이 떨리는 포옹

그대를 향한
아득한
그리움과 고마움으로
가슴 벅차 오르는
이 순간에는
숨도 멈추어라

평안히 가라, 그대여
뒤도 돌아보지 말고
빛으로 가득한 문을 넘어

비자 행렬

가방 수색 끝에 번호표를 받고
자존심 따위를 구기는 것은 기본일 뿐
하염없이 조바심 내며 흐르는 시간

서류를 돌려받고 돌아서는
젊은이의 관자놀이에
감추려고 애쓰는 핏발이 일어서고
억지로 다문 입술이 떨리듯
미소가 벌어지는 사람
온 얼굴이 주름 잡히도록 웃는 사람
오, 그렇게도 가고 싶은 나라

태평양 너머
한 가족 상봉의 희망은
두꺼운 유리창 앞에서
몇 마디 말로 무너진다
닫힌 문 뒤로 등 돌리며
절망에 찬 눈길 둘 데 없어

허둥대는 힘없는 군상들이여

천국 문도 이렇게 간단히 닫힐까
슬픈 행렬은 아직도 길다

다른 종의 사람들

차마 말 못 하고
차마 내색하지 못 하는 마음 앞에
하고 싶은 말 척척 내뱉는 사람은
행복할까
할퀸 자국 모르면 그뿐
언제 상처 났는지
알 바 없는 그가
행복하다면
분명 다른 종이다

차마 말 못 하는 사람이
계속 말 못 하고
차마 내색하지 못 하는 사람이
내색하지 못 하는 중에
할 말 다 하고 사는 사람은
계속 할 말 다 하고
하고 싶은 대로 살아가는 세상

다른 종의 사람들이 얽혀
풀기 힘든 세상의 암호들
가로가 풀려도 세로가 남으니
끙끙대며 풀어가다가
깨달은 힌트 하나
풀려고 하지 말 것

〈아이다〉를 보고

분홍빛 드레스의 흑인 아이다
가슴 저리는 노래가 넘쳐흘러
알아듣지 못하는 대사에도
사랑의 분위기는 익어가고

이히 리베 디히

비운의 공주와 적국의 장군은
부둥켜안고 이렇게 절규했다
좁은 상자에 갇혀 굶어죽는다 해도
사랑의 눈빛 변함없이

이히 리베 디히

죽음의 상자 앞을 지나는 군상들
호기심 가득한 눈을 탓하랴
그 사랑 앞에
나 또한 군상인 것을

저토록 절절한 사랑 못했다 해도
나 언제 사랑 앞에 진실했던가

마지막 수업의 마을

밤늦은 스트라스부르 기차역
한 치 앞이 보이지 않는 자욱한 안개 속
환영 같은 불빛만 어른거리고
첫 만남의 기대를 비웃듯
큼지막한 광고판 속의 여자는
속살을 다 내놓고 황홀한 표정이다

광장으로 내딛는 첫발에
목을 넘는 습한 안개 싸한데
드디어 찾아온 고향인 듯
깊은 안도감
그 언젠가 머물었던 자리
참 멀리서 달려왔구나
여기 〈마지막 수업〉의 마을에
깃발 하나 꽂아두고
가벼운 마음으로 되돌아가리라

덴헬더 둑길에서

길을 걸으면서도
자꾸 꿈길이거니
눈앞을 달리는 자전거 사라지듯
능선 사이로 사슴이 어른거리고
회색빛 토끼가 여기저기
불쑥 나타났다 사라지는
구불구불 끝없는 이 길을
언젠가도 걸었던 것처럼
바다 안개 가득하고
모래 둑길은 땅 밑으로 가라앉아
나는 자꾸 과거로 가라앉아
휴양촌 집집마다 피어있는 낯선 해당화
빛바랜 듯 희멀건 바닷물
잡힐 듯 또 모래처럼 흩어지는
존재의 근원을 더듬으며
비릿한 냄새 맡으며
걸어가던 아득한 둑길

*덴헬더: 네덜란드 북쪽의 휴양지

붉은 제라늄

첨탑 사이로 새가 날아오르는
낯선 그림 속으로 뛰어든 여름날
시간의 흔적이 묻어나는 돌바닥 거리를
나그네 되어 걷다

고색창연한 성이 빚어낸
윤곽선을 따라 강이 흐르고
색다른 양식으로 보란 듯이 서 있는 건물 너머
기하학적 나무들이 즐비한 공원
생김새는 달라도
길모퉁이 카페마다 다정한 사람들
다른 곳 같아도 찬찬히 살펴보면
그저 사람 사는 세상
겨우 보름 만에
그림에서 나와서
체온 따뜻한 사람으로 살고 싶다

우리 향긋한 차 한 잔 나누자
창가에 붉은 제라늄 꽃 내어놓고

돌개바람

머언 먼 바다 휘돌며
산 넘고 넘어 숨가쁘게
그대 창문까지 이르도록
쓰라린 마음 설레며 달려왔건만
정작 덜컹대기만 할 뿐
차마 문 밀치고 들어가지 못하고
돌아가는 이 마음
그대는 아는가
지척에서 그대 숨소리 들으며
말없이 창가에 머물다 돌아가는
허전한 뒷모습이라도 보아주기를
돌개바람이 외치는 소리는
끝내 낮은 바람으로 잦아들고
지나가는 바람인 듯
스쳐갈 뿐인 것을

물고기도 날아오른다

십 년 만에 찾아간 아버지 기일
아무 변명도 할 수 없는
부끄러운 마음으로
영정 사진 앞에 올린 술잔
오빠는 그새 아버지 나이를 넘었다

쓰다듬듯 밀려오는 파도에
차르륵차르륵
몸을 씻는 조약돌
그 세월 동안 아버지 자리에
품고 있던 옹이
이 바닷물에 다 풀어내리라

검은 조약돌 사이에 숨어있는
빛 고운 조약돌
문득 눈앞에
번쩍이며 날아오르는 물고기들
해변 가까이 겁도 없이

펄쩍펄쩍 뛰어 오른다

오호라
살아있음이 저렇게 경쾌한 것을
저 물고기들도 알고 있는 것을
나도 수면을 박차고
솟구쳐 오르리라

음모

한밤중에 깨어 일어나
밤기차 소리를 듣는다
갈빗대 사이에 굵은 생채기를 내듯
철커덕철커덕
무심히 지나가는 기차
과거의 시간을 밟고
알 수 없는 미래를 향하여

공연히 가슴이 철렁
몰래 꾸미고 있는 음모가 들킨 듯
홀연히 사라져 버리려는 일
아무도 모를 일인데
아이들 곤히 잠들어 있고
정적에 싸인 집안에
꼬리를 밟듯 철커덕
불안하게
새벽 두 시의 기차가 지나간다

겨울 냄새

뼛속 시리도록 추운 아침
문 열고 나서며
세 살배기 어린 딸이 하는 말

엄마, 겨울 냄새 참 좋지?

코끝을 찡긋하며 던지는
이 말 한 마디에
바람 견딜 만하고
세상이 살 만해진다

얼음 얼면

겨울 강이 얼면
없던 길도 열리고
강 건너편이 지척이라
때 아닌 기쁨인데

사람 사이 얼음 얼면
차가운 고통일 뿐
내 말을 네가 이해 못 하고
네 말을 내가 받아들일 수 없다

등 돌리고 잘 바에야
청산하리라 다짐했다가
눈물의 하소연이 나을까
하루에도 몇 번씩 뒤바뀌는 마음

떠나고 싶을 때 떠나게 하자고
외우던 시구詩句 어디로 가고
얽힌 것도 풀어야 할 나이에

억지로 얽어매지 말자고
골백번 생각해도
그리 쉽지 않은 일
사람 사이에
비수보다 더한
얼음이 가슴에 박히는 일

사추기 思秋期

소심한 성격에
사춘기 시절에도 차마 생각 못하던 것
사십이 넘어서니
죽어도 좋겠다는 생각이 드는데
왜 그렇게 행복한지

이룬 것 없어도
더 이상 이루지 않아도
서운하지 않고
맑은 정신으로 사물이 또렷할 때
떠나고 싶은 간절함
다만 남겨진 아이들이 걱정이라던
핑계조차 무책임하게 가벼워지는
행복이려니

햄스터의 반란

널찍한 집 안에서 편안히
주는 먹이 받아먹고
쳇바퀴 타며 놀다가
언제든지 잠을 자도 되는
늘어진 팔자
그 녀석이 어젯밤 탈출을 시도했다
단단히 막힌 출구를 밀어내려고
부단히 노력했을 햄스터
변화를 향한 갈망이 부럽다
아파트 시멘트벽에 스스로 갇혀서
출구를 알고도 나서지 못하는
반란을 꿈꾸지 않는 나

말러 교향곡

느리게
그리고 가만히 다가와
영혼 언저리를 맴돌며
서서히 갉아먹는
그것의 정체도 모른 채
나는 방황했네

한줄기 빛나는 환희는 잠시
더 길고 깊게 가슴을 헤집는 갈망
지옥 불처럼 꺼지지 않는 욕망의 불길
간을 떼 내어 얼음 구덩이에 던져도
식지 않으리라
머리카락 낱낱이 쥐어뜯어도
해결되지 않는 고통
아마도 나는 미쳐 버릴 것이다

이제, 목숨처럼 끈질기게 붙잡고
마지막까지 대면하리라

오, 차라리 파열해 버려라
그 다음은 알지 못해도 좋으리

고통의 끝
찢어진 육체의 벽을 넘어
다시 존재하는 뜻밖의 나
낮게 드리우는 평화
그것은 그렇게
가까이 있었던 것이었음을

발

아래에 있는 것이라고
우습게 보았던 발이 달리 보인다
보드랍고 투명한
꽃송이 같은 아이의 발
쑥쑥 자라는 대로
신발만 사 댔지
만져줄 틈도 없었다
아빠 닮아 두툼한 큰애 발등
흉터로 점점이 얼룩진 둘째 녀석 다리
어느새 트기 시작하는 내 발뒤꿈치까지
안쓰럽게 어루만져 본다
손끝에 닿는 따뜻한 발의 감촉
살붙이가 주는 행복

황홀한 시간

안 하던 짓을 하면
무슨 일이 생긴다고
그래도 자꾸
시詩가 생각나서
늦은 밤 잠 못 이루고

넋두리면 어떠랴
어린아이 살처럼 여린 시간들이
죽은 줄 알았던 시간들이
피 돌아 살아오는 걸
손 내밀어 쓰다듬고
껴안아 주리라
아직 목숨 살아있으니
어찌 마다할 수 있으랴
도무지
아무 것도 삼킬 수 없는 공복에도
가슴 서늘함으로
목 메임으로
사십대에 찾아온 이 황홀한 시간을

소나기

하염없이 비가 쏟아지고
습한 냄새 가득했던 남의 다락방
창밖에는 하늘 높이 끝 모르는
커다란 아폴로 신神의 나무가 있었지

꿈꾸어라, 간절히
창이 있는 나만의 방
책 곰팡이 냄새에 취하리라
창밖에는 소나기 내리고
방안 가득 음악 흐르기를

슈베르트의 겨울나그네를 들으며
이십 년 세월의 옛 꿈을 생각하는데
키 큰 포플러 나무들 위로
후두둑
소나기 쏟아진다

안부

갑작스레
당신이 다녀가신 후로
가슴에 남은 것은
몇 편의 바람 시詩입니다
돌개바람처럼 숨쉬기 힘들게도 하고
코끝이 찡하게도 하고
어린 날 숲에 불던 미풍처럼 휘감으며
시간을 건너
자꾸 바뀌는 바람
시詩 한 줄 쓸 때마다
서늘한 바람이 가슴속을 훑고 지나갑니다
그런 바람 속에 나를 맡기고
황홀하게 지냅니다

보리수

한밤중에 홀로 듣는 디스카우의 노래
아스라한 기억 저편의 문이
열릴 듯 열릴 듯
저며 오는 슬픔
알 수 없는 환희
연두 빛 혹은 부서져 내리는 햇살
기억도 할 수 없는
과거보다 더 먼 별나라의 비밀을 더듬어
열리지 않는 문 앞에서 서성이며
비밀문의 암호를 잊어버린 막막함으로
도대체 나는 누구인가
풀리지 않는 의문
돌아갈 길을 잃어버린 아이처럼
이 세상 나그네 되어

밤기차에서

어둠을 가르고 질주하는 밤기차
생의 한 복판을 달린다
갓난아기 젖비린내로 가득한 옆자리
어김없이 넘쳐나는 술 취한 남자들
살아있는 자의 냄새려니
오늘은 느긋하게 취하자
달리는 기차는 흔들릴 뿐
속도를 느낄 수 없다
검은 벌판에 점점이 번져가는 불빛
집으로 돌아가는 자의 행복을 누리며
나는 종착역을 향해 달리고 있다
기쁨으로 빛나는 그곳

실눈 뜨고

골 깊은 상처를 덮어둔 채
삭이고 삭여
충분히 발효되어 익었을 시간
아무렇지도 않은 듯
어색하게 웃는 일은 없는지
지난 시간의 호주머니
뒤집어보아도 괜찮을까

강원도 눈길을 달려온 그날
우리 사이 깊은 골 누비며
뼛속까지 불던 바람
시리게 스산했던 겨울
싸늘한 눈길 뒤편
네 마음 쓰라렸겠지

이제 그 아픔 기억해도
실눈 뜨고 미소 지을 수 있는지
묻고 싶다

길 위의 삶

이름과 알맹이가 다른 역할도
고마운 요청이지
끝이 있는 길일까 묻지 말고
그냥 담담히 견뎌내기
허공을 딛고 있는 듯 휘적대며
브레이크 없는 불안이
칙칙하게 감겨들 때
떠돌이처럼
바람 부는 길가에서
밤늦은 기차역에서
추적이는 비를 맞는 것은
낭만이 아니라고
사는 게 결코 낭만이 아니라고
끝도 없는 물음표 던지며
스스로 뒷덜미 잡힌
길 위에 서서
서성이던 시간들

편두통

어떤 지독한 석수장이가
머리에다 징을 박고 있는가
피가 돌지 않는다
핏줄이 점점 막혀 오고 있다
악령의 손아귀에
핏줄이 터지고 말 것이다
맥박 뛸 때마다 파고드는 징 소리
눈물만 그렁그렁
고통에 일그러지는 몰골

마음 깊은 곳에 숨어 있는
두려움의 자락이 보인다
비감하게 떠날 준비도 못 하는
비겁한 자에게는
떠나는 복이 허락되지 않는 법
차라리
눈물 뚝뚝 흘리며
지긋이 감싸 안으라

죽음을 음미하듯
이 육체의 가시를

배탈

잦은 배탈에는
필시 무슨 이유가 있을 터인데
코앞에 닥친 일 생각에
억울한 마음만 가득하다

기진할 듯 휘어지는 배를 부여잡고서
참 큰일이다 하던 마음이
솔직한 건 너로구나
손들고 인정한다

세상 그런 대로 잘 살고 있다고 둘러대는 머리 앞에
세상 받아들이기 쉽지 않음을 통고함
솔직한 이 거부의 항변을
진지하게 접수하기로 한다

11월의 하늘

휴일도 없는 11월을
견디게 하는 유일한 위안은
하늘이다
쌓인 일거리 앞에서 숨이 턱 막힐 때
하늘을 볼 일이다

살점 같은 이파리 하나하나 떠나보내고
부끄럽지 않게 뼈대 드러낸
나뭇가지 사이로 코발트빛
눈 아리게 다가오며
찡하게 시려오는 코끝
유리 부딪히는 소리나며 환해지는 머리
그제서야 깊은 숨
그득해지는 위안

하늘을 볼 일이다
말없이
11월에는

입관

여기저기 흐느끼는 울음소리
냉기 가득한 방으로 들어섰을 때
평소처럼 단정한 모습으로
반듯하게 누워 계신 당신
누구 하나 통곡소리도 없는데
가슴 무너지는 소리
당신과 나 사이에
건널 수 없는 강이 흐르고
차가운 주검의 기운이
전기 흐르듯 등줄기를 지난다
선뜻 다가서지 못 하고
머뭇거리다 가만히 만져본다
유리알 같이 차가운 몸인데
왠지 따뜻하다
먼 길 떠나기 위해
단장한 가벼운 옷차림
아무런 걱정 없이 평안한 모습
안녕히 가시라는 한 마디 인사만으로

당신은 이렇게 떠나시는군요
평소처럼 따뜻한 포옹으로
웃으며 보내드리고 싶은데
이 방은 너무 어둡고 좁군요

옛 편지

어쩌다
먼지 쌓인 편지 뭉치를 꺼내
오래된 편지를 읽습니다

가슴만 뜨거웠던 그 시절
하고 싶은 말 돌려가며
변죽만 울리고 있는 어수룩한 말들
박제된 듯 고스란히 남아 있는데
나도 모르게 웃음이 나요

이렇게 희끗한 중년에
심심한 마음으로 보면
물밑 들여다보이듯 훤히 보이는데
그때엔
그 말이 그 말인지
왜 몰랐을까요

지금 마음 복잡한 일도

옛 편지 보듯 할 때가 오겠지요

살아야 할 이유

곰팡이 피듯 죽을병의 기미가
속살 깊은 곳에 피어난 건
세상 떠나도 좋겠다는 생각이
슬그머니 자리한 탓일 게다
스스로 맞아들인 죽음의 그림자
그러나
살아야 할 이유는 의외로 간단하다
지극히 단순하게
그냥
살아야 한다는 것
살아 주어야 한다는 것
이것이 얼마나 귀한 것인지
잠시 잊었을 뿐

피어나라, 황홀

멋모르던 문학소녀 시절에야
시 쓰는 일쯤
아무 문제없었지만
언제부턴가
내가 아닌 시가 부끄러웠다

감히 시를 바라지 않는 삶
아픈 가슴 무디어지고
다른 비상을 꿈꾸던 날에도
때로 시가 아른거려 어질했다

사십 중턱에
부끄러움 벗고
어두움도 사랑할 생기 다시 돌아
가슴 저리게 시가 돌아왔다

이제
다시 꽃으로 피어나라, 황홀

그의 시詩가 아니라 그를 읽는다

이주연

(목사 · 산마루교회 담임)

전혜영!
그는 늘 나의 말을 들어왔다.
저 큰 산처럼 대지처럼 말없이
그리고 주 앞의 예언자들처럼
신실한 신도처럼
30년을 한결같이!

그의 그토록 말 없음이
이제 내게 시집으로 떨어졌다.
캄캄한 밤 유성처럼

새벽의 이슬처럼
그리고 비수처럼

직감이 엄습한다.
이젠 내가 들어야 할 차례가 되었구나.
꼼짝 없이
주께 기도하듯 무릎 꿇고 들어야만 하는!

그의 옷 벗은 담담한 고백은
천 만 마디 내뱉은 내 설교보다
더 날카로운 사랑의 비수로
침묵 속에 살아 있었던 진실로
내 세포 하나하나를 흔들어 깨운다.
고해성사를 요구하듯

후회하지 않겠느냐
눈물로 다짐받던 밤과
철없던 사랑의 상처 어른거려도
겨울 찬바람 두 손으로 맞는대도
추위 아랑곳없이
우리 사랑 따뜻해라

하늘이 맺은 이 인연을

사람이 나누지 못할지니

—「겨울 결혼식」 부분

그에게는 사랑의 본격이 아니라

고난의 출발이었다.

있는 그대로 말하자면 생고생의 시작이었다.

이 출발이 있기 전부터 우리는 그 시대를 아파하며 살아왔다. 1970년대 그 시대를 살아온 모든 죽지 않은 젊은 가슴들처럼! 때론 돌을 들고 거리에서 울부짖으며 외치던 날도 있었다. 그렇게 타는 목마름으로 시대의 구원을 위하여 울부짖으며 기도하던 시절, 그는 내게 〈콜 니드라이 (Kol Nidrei, 신의 날)〉를 선물했다. 그것은 뜨거운 열정의 온도만 높았던 어설픈 나의 영혼에 큰 위로였다. 우리의 운명을 예고하는 선율인지도 모른 채 우린 그렇게 깊이 빠져들었다.

그리고 이젠 그날들이 콜 니드라이의 선율 속에 영원한 그리움으로 스며들어 있음을, 이 새벽 맑은 정신으로 확인한다. 그날들은 그의 이야기처럼 "神이 예비한 날/ 출렁이는 은혜의 강물에/ 반짝이는 빛조각들〈고백3〉"이었다.

혼인 초, 도시 노동자들과 함께 지내며 목회하던 시절, 그는 첫 아이를 잉태하였고 그 아이를 태중에서 잃었다. 과로였다. 그것은 나의 보살핌의 부족이었고 무지였다. 그는 아파하였지만 나는 그때 그만큼 아파하지 않았다. 이 진실을 나는 오랜 시간이 지난 후에야 알았다. 그가 하혈을 하고 병원에 그렇게 누운 날에도 교회 일로 나는 곁에 없었다. 지난 세대엔 주의 일은 그렇게 하는 줄로만 배우고 자랐기에, 생명의 소중함을 다 깨달아 알기도 전이었기에, 그렇게 어리석고도 당당했다.

그는 그날도 내게 힘들다는 이야기 한 마디 없이 다녀오라는 인사를 했다. 지금 기억을 더듬어 보아도 원망하는 표정 하나 없었다. 힘을 잃고 노랗게 된 얼굴이었음에도.

30년이 지난 오늘, 그의 시를 읽으며 진심으로 〈유산〉에 죄속을 구한다. 아니, 이 하늘 아래 무슨 양심으로 속죄의 간구를 드릴 수 있으랴!

실험실 동물처럼
내팽개쳐진 몸뚱이
벌거벗은 부끄러움을 내세우기엔
호르르 날아가버린 생명이 안타까워
알을 품지 못한 어미 새처럼
주눅 들어 병실에 누워 있을 때

… (중략) …

빈 배를 움켜잡고

메스꺼움에 시달리며

사랑마저 유산할지 모른다는 두려움에

안간힘을 쓰던 시간

커튼도 쳐 있지 않은 처치실 너머

짙은 녹음마저 냉정했다

—「유산」 부분

우리의 사랑은 굴하지 않았다. 그것은 오직 바위보다 단단한 사랑의 진실 때문이었다. 그 이듬해 내가 군목으로 입대하면서, 보증금 없는 월세 8만 원에 화장실도 달리지 않은 문간방에 그를 두고 떠났다. 그래도 이 문간방 생활을 하늘에 감사하며 즐거워했다.

안국동 좁은 골목길 돌아서 끝집

한옥 문간방에 보금자리 틀고 살 때는

쌀 한 봉지씩 사다 나르는

가난한 밥상에도

더운 밥 알알이 사랑이었다.

—「문간방」 부분

임관하여 '따불빽 매고' 배치된 곳은 양구 골짜기, 육지의 섬 오지였다. 그래도 뿌듯함과 즐거움이 있었다. 단지, 분단으로 고난 받는 이 땅의 젊은이들과 함께한다는 그 생각에! 그리고 80년대 초, 그 힘겨웠던 서울의 거리를 떠날 수 있었기에.

양구 골짜기 추위는 대단했다. 문고리에 손이 쩍쩍 들러붙고 입김이 모자에 허옇게 얼어 붙었다. 그 겨울 잊을 수 없는 성탄극. 그는 편두통에 독감을 앓으면서도 벗들과 장단을 맞추며 즐거워했다. 그 해 겨울은 행복했고 뜨거웠다.

> 닥터 지바고 영화처럼
> 흰 수염 단 병사들이 더운 입김 몰아내던
> 영하 25도의 양구
> 한기 스며드는 간이침대
> 우리 사랑은 지독한 독감에도 펄펄 끓었다
>
> ─「양구 골짜기」 부분

그는 유난히도 크레파스를 좋아한다. 회갑에 이른 지금에도 그저 아이들처럼 크레파스를 좋아한다. 여고시절 선생님이 미대에 가라고 했난다. 나는 그의 소녀스런 터치에서 그의 흔들리지 않는 순수와 그 영혼의 깊이를 느껴

왔다. 이제사 말하자면, 거친 사내 녀석이 갖지 못한 그 무엇을 그에게서 보며 나는 그의 마음 속을 동경해 왔다.

오십 색 크레파스 그것만 가지면
벚꽃 비 내리는 학교 언덕에 앉아
꽃잎 사이로 빛나는 하늘 담아내고
돗섬 너머 푸른 바다
시시때때로 다른 빛 바다도 담을 수 있으련만
기다리는 아버지는 오지 않았다

꿈 속 그림은 아쉬운 색이 없는데
코스모스 꽃길을 옆에 두고
내 도화지에는 늘 색깔이 모자랐다
아버지보다 갖고 싶은
오십 색 크레파스

—「오십 색 크레파스」 부분

그는 어린 시절 가난하였지만 내적으론 부족함이 없었다고 한다. 반면 나는 어린 시절 참으로 부유했지만, 가난하게 되었고, 빈한 영혼의 하늘 아래 던져졌다. 인생에 대한 끝없는 물음의 고통이 나날이 깊어가던, 그리고 사랑의 그리움 속에 안식을 찾아 방황하던 어느 날이었다. 우리는 인생의 낯설음과 허무, 죽음 그리고 사랑과 이별, 하나님의 공의와 세상의 불의에 대하여 이야기를 시작했다.

> 어스름이 내리는
> 낡은 목사관 서재
> 그대의 슬픈 이야기는
> 해지는 줄도 모르고
> 아무런 관계없던 두 운명을
> 하나로 묶고 있었다
> 그때
> 어둠처럼 내려앉는 운명의 무게를
> 지긋이 느끼며
> 거부하고 싶지 않았을 뿐이다
>
> ―「발원發源」부분

그는 그렇게 내 운명의 덫에 함께 걸려 광야의 가시밭길로 나섰다. 그 여린 발과 몸이 따가운 줄도 모르고.

함께 살아온 지 20년이 되던 때, 우리가 이사한 횟수를 헤아리니 18번이었다. 얼마나 힘겨웠을까? 이제사 생각해 보면, 이 세상에 뭔가 크게 깨달을 것이 있는 것처럼 그렇게 살아온 나의 나날, 크게 깨닫지도 못한 것을, 가까운 살붙이들만이라도 따뜻하게 사랑했어야 했을 것을. 나는 그의 〈묵은 사랑〉을 읽으며 그의 사랑과 힘겨웠던 나날에 대하여 더 이상 할 말을 잃었다.

오늘 아침
당신의 품은 어느 때보다 편안하다
풋풋한 젊은 날의 냄새
여전해서 고마운 당신
… (중략) …
당신이 고통으로 진주알을 만드는 동안
소용없이 그냥
옆에 있어 미안했다

—「묵은 사랑」 부분

실은 내겐 진주알이 없다. 미안할 뿐이다. 그냥 옆에 있어 준 것만으로도 고마울 따름이다. 지금 나는 그저 '살아 있음'과 '죄된 삶'을 더 절감하고 있을 뿐이다. 그것이 진주라면 진주랄까, 진리(알레데이)라면 진리랄까?

우리도 한때 방 세칸 아파트를 가졌던 때가 있었다. 거의 그의 수고 덕이었다. 새로 교회를 개척한 후 나의 부족함으로 인하여 그것을 팔고 전셋집으로 옮기게 되었다. "인생은 어차피 전세 아니냐"하면서. 이때도 그는 감내하며 집을 부암동 산밑으로 옮겼다. 그때는 한적한 시골처럼 사람 드문, 값이 싼 산동네였다. 그는 "눈 내린 다음날/절벽에서 뛰어내리는 심정 안고" 이사를 했다고 했다. 그러나 "꽃샘추위에 발목 잡힌 봄 언저리/냉기 가시지 않은 돌담 틈에" 피어 있는 "초롱초롱한 눈망울 같은 제비꽃"을 보고는 너무도 기뻐했다. 그리고 이름 모를 산새들이 날아드는 것을 보고 즐거워했다〈부암동의 새〉. 그가 그리 좋아했기 때문일까? 그를 향한 하늘의 위로일까? 이사 후 얼마 지나지 않아, 마당 한구석 회양목에 산새들이 둥지를 틀고 알을 낳아 품더니, 봄이 한창 무르익을 때에 모두 날아올랐다.

나는 그가 딸 둘을 키우면서 지금까지 야단 한번 제대로 치는 것을 보지 못 했다. 아이들 야단치려 하다가 먼저 웃음이 난다고. 그는 늘 바깥일로 아이들을 다 보듬지 못한다고 안쓰러워 하고 죄스러운 마음으로 살아왔다. 그렇게 키운 아이들이 짝을 만나 혼인을 할 나이가 되니 그저 감사해 한다.

아래에 있는 것이라고
우습게 보았던 발이 달리 보인다
보드랍고 투명한

꽃송이 같은 아이의 발

쑥쑥 자라는 대로

신발만 사 댔지

만져줄 틈도 없었다

아빠 닮아 두툼한 큰애 발등

흉터로 점점이 얼룩진 둘째 녀석 다리

어느새 트기 시작하는 내 발뒤꿈치까지

안쓰럽게 어루만져 본다

손끝에 닿는 따뜻한 발의 감촉

살붙이가 주는 행복

—「발」전문

　그는 이런 말을 했다. "나는 내가 왜 태어났는가를 이제 깨달았어요. 아무래도 당신을 위해서 태어난 것 같아요." 생각해 보면, 그가 한 말대로 살아온 그의 여정은 처음부터 진실이기에 고맙고 미안하다. 그래도 그는 여전히 사랑하고 있는가 보다.

우리 사랑 여린 시절엔

멀리 있는 죽음까지 조바심 났는데

지금은 우습게도

나 먼저 죽고 혼자 남을 당신이

안쓰럽다
사랑한다는 말보다 더 진한
이 마음을 받아주어요
이십 년 묵혀서야 터져 나온
사랑 고백을

—「묵은 사랑」 부분

우리 집에 비밀이 있다. 그것은 가끔 그와 함께 기도하지 못 한다는 것이다. 기도가 시작되면 때때로 웃음을 터뜨린다. 체면 없이 그는 그냥 웃음이 나고 좋다고 한다. 그에겐 자유가 깃드는가! 그는 여한 없는 삶의 지평에 발을 내딛고 있다.

눈을 뜬 순간
이제 오느냐고 맞이하는
천정 위의 거대한 팔
아, 지켜보고 계셨구나
마음 속 흔들림 다 살피고 계셨구나
아닌 척 지내온 속내 들키고
후련한 울음

이제야 돌아왔습니다

정함 없이 휘돌던 탕자
언제든 돌아올 것이라고
그렇게 팔 벌리고 기다리고 계셨군요

—「고백 4」부분

세상 복판에 서 있으나
세상에 속하지 않고
칠판 지운 듯 개운한 의식으로
살다가고 싶다

—「세상 복판에서」부분

그의 영혼은 이미 영원하신 그분의 품에 안겨 있다. 그리고 세상 복판에서도 세상에 속하지 않은 삶을 살아가고 있는 것일까? 그는 늘 말보다 삶이 더 진실하다. 그는 열 마디 해도 될 말을 한 두 마디도 하지 않는다. 그래서 그의 낱말의 배열은 그 어떤 성현의 금언보다 무겁게 느껴진다.

전혜영! 그는 제 때를 아는 듯 기나긴 세월 지금까지 입을 열지 않았다. 때가 차 오늘에야 한 묶음의 꽃이 된 시어詩語로 내게 말한다. 여전히 오늘도 화려한 수식 없는 자음과 모음의 진실을 잔잔히 토하며.

보라, 저 들판의 꽃

한 무리의 꽃들이 피어나고 있다

들판 전체에 어리는 따뜻한 기운

꽃들끼리는

더 예쁘다고

더 먼저 핀다고

시기하지 않는다

준비된 순서대로

하늘 향한 마음이 익어

기쁨 터지듯 봉오리 터지면

들판 가득 그들의 세상

꽃들은 제 때를 알고 있다

—「꽃들은 제 때를 알고」 전문

이것은 그의 삶의 이야기이다.